AVVENTURE ALLO ZOO

progetto grafico della copertina: Stefano Turconi
progetto grafico dell'interno: Gaia Stock

ISBN 978-88-477-2521-8

www.edizioniel.com
www.guidosgardoli.it

GUIDO SGARDOLI

illustrazioni di

STEFANO TURCONI

MISTERO ALLO ZOO

Edizioni EL

Per Rico,
quello vero

CAPITOLO 1

– E chi lo dice ora alla direttrice?

Osvaldo, il custode dello zoo, aveva un nuovo problema da risolvere. Dal magazzino delle vivande erano scomparsi una cassetta di frutta (banane, meloni, pesche e kiwi, tutta roba buona e fresca), un paio di stivali di gomma numero quarantadue e una confezione da sei di saponette *Splendor*.

Una delle finestrelle piú alte, larga non piú di un paio di spanne e alta una, era stata forzata. Da lí il ladro si era intrufolato nel magazzino e da lí, chissà come, se n'era andato. La porta, chiusa dall'esterno, non presentava alcun segno di forzatura o manomissione.

Osvaldo passeggiava nervosamente su e giú, le mani dietro la schiena, la testa ciondoloni rivolta a terra. – Chi lo dice ora alla direttrice? – ripeteva. – Chi lo dice? – E di tanto in tanto si lisciava i folti baffi neri, come sempre quand'era sulle spine.

Babacar, il giovane aiutante di Osvaldo, sedeva appollaiato in cima a una cassa guardandosi intorno.

– Sei tu il capo, capo! – disse sorridendo. – Tocca a te!

Osvaldo interruppe il proprio andirivieni e fulminò Babacar con un'occhiata.

– Lo so che tocca a me, – replicò seccato. – Il fatto è che la signorina Adelina andrà su tutte le furie...

La direttrice non era infatti quello che si dice un tipo tranquillo e ragionevole; se qualcosa turbava la consueta routine dello zoo, lei dava subito in escandescenze, turbinando i vaporosi capelli turchini e i mille fogli che sempre aveva tra le mani.

– Comincerà a calcolare quanto ci costerà questo furto, quanti visitatori perderemo se la voce si sparge, quanto bisognerà spendere per proteggere il magazzino e via dicendo...

Ma Babacar non lo ascoltava piú. La sua attenzione era tutta rivolta alla finestrella in cima alla parete.

– Nessun uomo può passare da lí... – osservò. – A meno che non si tratti di un pigmeo...

Quand'era bambino e viveva in un villaggio del Senegal, la vecchia nonna Awa era solita raccontargli storie spaventose sui pigmei della foresta.

– *Nano*, – lo corresse Osvaldo distrattamente. – I pigmei sono un'etnia africana. Le persone piccole si chiamano *nani*...

Babacar non ci fece caso. Passò invece ad analizzare lo scaffale da cui era stata sottratta la frutta alla ricerca di un indizio.

– Mi sembra che qui ci siano dei peli... – dichiarò esaminando qualcosa tra il pollice e l'indice.

– Bella forza! Siamo in uno zoo! Ci sono peli dappertutto!

– Peli bianchi...

Nonna Awa diceva che i peggiori, tra

i pigmei, erano quelli con i capelli bianchi, gli albini. I pigmei albini portavano grandi disgrazie.

– Dài, Babacar, – lo esortò Osvaldo. – Smettila di giocare all'investigatore e datti da fare! Io nel frattempo andrò a prendermi una lavata di testa dalla direttrice...

CAPITOLO 2

Babacar caricò alcune cassette di frutta in una carriola e si avviò in direzione della Montagna degli orsi.

– Ciao, Babacar! – lo salutarono in coro i gemelli. – Che fai?

– Porto la frutta agli orsi.

– Possiamo venire con te?

Era lunedí, giorno di chiusura dello zoo, e Camilla e Filippo erano a casa da scuola a causa di uno sciopero sindacale o qualcosa del genere. Quando potevano, i gemelli ne approfittavano per scorrazzare liberi per lo zoo, osservare gli animali, giocare ad essere personaggi fantastici in fantastici mondi. Ma soprattutto, quando potevano, amavano stare in compagnia di Babacar. Lui era sempre allegro, li faceva ridere e quando si trattava di giocare non si tirava mai indietro.

Quella mattina però, il giovane africano sembrava preoccupato per qualcosa. Si guardava furtivamente intorno e dava l'impressione che i suoi pensieri si trovassero altrove.

– Che ti succede, Babacar? – chiese Camilla.

– Vostro padre ha finito di farsi lo shampoo?

– Lo shampoo? – Filippo sorrise. – Papà è mezzo pelato! Che shampoo vuoi che si faccia? Forse hai capito male...

– Ha detto che sarebbe andato a farsi lavare la testa dalla direttrice!

I bambini scoppiarono in una fragorosa risata.

– Babacar! È un modo di dire, – spiegò Camilla, che quando c'era da spiegare qualcosa era sempre la prima. – Significa che è andato a farsi sgridare!

– Che ha combinato? – si domandò Filippo con un pizzico di malizia. Gli piaceva pensare che anche gli adulti, di tanto in tanto, commettessero degli errori.

– Lui niente, – rispose Babacar. – Però qualcuno è entrato nel magazzino vivande e ha rubato del cibo, degli stivali e altre cose!

– Dici davvero?

– Che mi possano cadere le orecchie in questo preciso momento! – Babacar lasciò i manici della carriola che stava trasportando e alzò le mani in un gesto solenne. Quindi si bloccò, cosí come stava, con gli occhi sgranati a fissare la Montagna degli orsi che era lí a due passi.

– Non serve fare tante scene, Babacar! – lo apostrofò Camilla. – Ti crediamo!

Il braccio di Babacar si sollevò indicando qualcosa. – E quelli... – mormorò. – Quelli cosa sono?

CAPITOLO 3

– Stivali di gomma! – esclamò Filippo divertito.

Sulla sponda del Laghetto degli orsi, in prossimità di un fitto canneto, stavano infilati a rovescio in cima a dei bambú due stivali verdi di gomma uguali a quelli usati dagli addetti allo zoo.

– Scommetto che sono gli stivali rubati nel magazzino, – osservò Camilla.

– E che ci fanno lí? – si domandò suo fratello.

I tre si avvicinarono. Il terreno fangoso intorno agli stivali era disseminato di pezzetti di canna, come se qualcuno si fosse divertito a tagliuzzarli.

Poco distante la famigliola di orsi malesi, chiamati «orsi cane» a causa delle piccole dimensioni, osservava i tre umani con curiosità.

– Sono loro i colpevoli! – dichiarò Filippo. – Gli orsi!

– Che scemenza! – replicò Camilla. – Degli orsi che rubano stivali di gomma!

– Perché no?

– E che se ne farebbero, scusa?

– Magari avevano male ai piedi...

– Qualcuno ha rubato quegli stivali, li ha usati e poi li ha infilati sulle canne per asciugarli! – decretò la bambina. – Vedete? Sono bagnati. Non può che averlo fatto un essere umano!

– Non è stato un uomo, – ribatté Babacar.

– Ah, no? E come lo sai?

– Nessun uomo potrebbe passare per la finestrella del magazzino.

– Visto? – fece Filippo trionfante. – Quindi sono stati gli orsi!

– Gli orsi sono troppo grandi, – lo zittí sua sorella.

– È stato un pigmeo, – disse Babacar. – Un pigmeo albino!

– Cosa sono i pigmei?

– Persone molto piccole, – rispose Camilla. – Che vivono in Africa...

– I pigmei albini hanno grandi poteri, – continuò Babacar. – E portano grandi sventure...

– Non crederai a queste cose? – lo apostrofò Camilla. – Sono solo sciocche superstizioni.

Ma Babacar, purtroppo per lui, ci credeva. Gli stivali infilzati all'ingiú erano un chiaro avvertimento: «Attenti a voi» dicevano. «Attenti a voi».

Babacar recuperò gli stivali e alcuni pezzetti di bambú.

– Io scommetto che il ladro è un panda! – disse Filippo. – I panda mangiano il bambú!

– I pigmei ci fanno le cerbottane, – mormorò Babacar assumendo un'aria grave. – Cerbottane per frecce velenose...

– Babacar!

– Devo parlare subito con vostro padre, – disse il giovane allontanandosi in tutta fretta. – Siamo in pericolo...

CAPITOLO 4

Rimasti soli e per nulla spaventati (erano abituati alle stranezze di Babacar), i gemelli presero a gironzolare senza una meta.

Mentre Camilla pensava che solo un uomo, pigmeo o no, avrebbe avuto dei motivi per rubare il sapone e gli stivali di gomma, suo fratello Filippo, al contrario, era sempre piú convinto che dovesse trattarsi di un animale, forse una scimmia, magari un procione o un furetto. Secondo lui, a nessuno con un po' di sale nella zucca sarebbe venuto in mente di rubare dallo zoo delle cose di cosí poco valore, quando la città brulicava di negozi e supermercati.

– Babacar ha trovato dei peli bianchi, – disse dando voce ai propri pensieri.
– Potrebbe essere Alas il colpevole!

– Il gibbone?

– Ha il pelo biancastro, no?

– Sí, ma...

– È alto meno di un metro ed è agile, tanto da calarsi da una finestrella e poi riarrampicarcisi!

– E per quale motivo l'avrebbe fatto?

Filippo rifletté qualche istante. – Non lo so ancora, ma è quello che ho intenzione di scoprire!

Proprio in quei giorni Filippo aveva preso in prestito dalla biblioteca della scuola un libro su Sherlock Holmes, il celebre investigatore creato dalla fantasia dello scrittore inglese Arthur Conan Doyle.

– Farò come Sherlock Holmes! – esclamò tutt'a un tratto. – Userò il metodo scientifico!

Camilla lo guardò come se si fosse improvvisamente trasformato in un alieno.

– Scriverò un elenco di possibili sospetti, – continuò Filippo. – Ci metterò tutti gli animali che hanno dei peli bianchi! Il colpevole dovrà necessariamente trovarsi tra quelli!

– Piú che come Sherlock Holmes, –

osservò Camilla con aria divertita, – ti vedrei bene come dottor Watson, l'assistente imbranato!

– Molto spiritosa!

– Io, invece, sarei perfetta come Sherlock Holmes!

– Ah! Ah! – rise Filippo. – Lo sanno tutti che Sherlock Holmes è un uomo! Tu, al massimo, potresti fargli da governante!

– E tu da stalliere!

– E tu da portinaia!

– E tu da... Guarda!

Erano giunti al loro nascondiglio segreto, la Vecchia grotta dell'orso, un anfratto abbandonato in una zona remota dello zoo.

Camilla fissava qualcosa in prossimità dell'entrata.

– Il filo... – sussurrò. – Il filo...

Ogni volta che lasciavano il loro rifugio, Camilla e Filippo erano soliti tirare un filo di nylon trasparente da un lato all'altro dell'apertura, per controllare se in loro assenza qualcuno vi avesse messo piede o zampa. Un piccolo ma ingegnoso sistema di allarme.

Quella mattina il filo era a terra, arrotolato alla rinfusa in un angolo.

– Lo vedo, – rispose Filippo serio. – È entrato qualcuno...

– Che facciamo adesso?

– Andiamo a vedere!

– Sei pazzo?

– Quella è la *nostra* grotta!

– E se dentro ci fosse il ladro di saponette e stivali?

Filippo si fermò sulla soglia. Raccolse da terra un sasso, lo soppesò, quindi lo gettò per sceglierne uno ancora piú grosso.

– Be', se c'è qualcuno lí dentro e ha cattive intenzioni, – disse infilando il buio della grotta, – dovrà vedersela con me!

Camilla lo seguí, pensando che suo fratello era un gran rompiscatole e un immaturo, ma che aveva coraggio da vendere.

CAPITOLO 5

La prima cosa che li colpí, entrando, fu uno strano odore, come di carne arrostita.

– Chiunque tu sia, – dichiarò Filippo, sforzandosi di rendere la sua voce piú profonda e matura di quel che era, – sei nella nostra grotta. Ho un sasso enorme e sono intenzionato a usarlo.

Non ci fu risposta. Solo lo scalpiccio incerto dei passi dei due bambini che risuonava nello spazio vuoto. Senza staccare gli occhi dal fondo scuro della caverna, Filippo cercò a tastoni una rientranza nella parete. Ci teneva dei fiammiferi, nel caso ne avessero avuto bisogno.

– Non ci sono, – sussurrò ritirando la mano.

– Cosa? Cosa non ci sono?

– I fiammiferi. Li avevo messi qui, come sempre, ma ora non ci sono...

– Lascia perdere... Andiamo via.

– Non prima di aver fatto una cosa, – disse Filippo con aria di sfida.

– Quale cosa?

– Questa! – Lanciò un urlo di guerra e con tutta la forza del braccio scagliò la pietra verso il fondo della grotta. La pietra cozzò contro la roccia con un rumore sordo rotolando lontano, e subito dopo un urlo acuto e tremendo squarciò l'aria. Anche i gemelli gridarono, terrorizzati. Una figura piccola e agile corse fuori passando loro accanto.

– Ah-ha! – esclamò Filippo recuperando il proprio autocontrollo. – Lo sapevo che era un animale!

– Ma se non l'hai nemmeno visto!

– Comunque è un animale!

Uscendo Camilla pestò con la scarpa una buccia di banana. E attaccato alla buccia della banana vide un lungo pelo biancastro.

– Dobbiamo dirlo a papà, – disse.

– Cosa?

– Che chi è entrato nel magazzino è entrato anche qui, nella grotta!

– E tu vorresti essere Sherlock Holmes? – rise Filippo.

Camilla lo guardò con aria interrogativa.

– Non possiamo dirlo a papà, – spiegò Filippo con sufficienza. – Primo, perché non abbiamo idea di che animale sia. Secondo, perché significherebbe svelare il nostro nascondiglio segreto!

Camilla rifletté, quindi annuí. – Allora che si fa?

– Io andrò avanti con il mio schema di ragionamento alla Holmes! Tu, fai un po' quello che ti pare...

– Ragazzi! – Babacar li stava chiamando. – Vostra madre vi cerca. È tornata!

In un istante la grotta, il ladro, le bucce di banana, Sherlock Holmes, i peli bianchi sparirono come per incanto.

– Mamma! – gridarono Camilla e Filippo mettendosi a correre. – Mamma!

Babacar invece si guardò intorno timoroso e dopo aver udito un rumore sospetto tra i cespugli tornò rapidamente sui suoi passi.

CAPITOLO 6

Lucia lavorava come hostess per un'importante compagnia aerea e per questo motivo viaggiava molto. Il suo ritorno a casa era, per i due bambini, una specie di festa. E ogni volta, mentre lei descriveva loro le bellezze delle città che aveva visitato – New York, Buenos Aires, Singapore, Sidney, Tokyo – loro la mettevano al corrente di tutto ciò che era accaduto allo zoo durante la sua assenza.

– Mamma! Mamma! – urlarono i gemelli precipitandosi in casa.

Lucia era in piedi, nel salotto, con ancora indosso la divisa da hostess e un borsone di pelle appoggiato a terra.

I gemelli le balzarono in braccio facendola barcollare.

– Piano! Piano! – disse la donna.

– Cominciate a essere pesanti ormai! – Poi, accarezzandoli e tenendoli stretti: – Eccoli qui, i miei cuccioli! Quanto mi siete mancati...

– Anche tu, – rispose subito Filippo. Dei due, lui era quello piú legato alla mamma. Camilla invece aveva un debole per Osvaldo, e quando i due genitori discutevano per qualche ragione (cosa che, purtroppo, avveniva con una certa frequenza) i gemelli si schieravano ognuno a difesa del preferito.

– Sai che è nato un piccolo ippopotamo? – le disse Filippo. – Un maschio! Si chiama Pippo, come me!

– Davvero?

– Dopo ti portiamo a vederlo!

– D'accordo!

– Ma è anche morto Gu-Li, – ricordò con occhi tristi Camilla.

– Gu-Li?

– Il vecchio panda, – chiarí Filippo. – Era malato. La notte in cui lui ha chiuso gli occhi, Pippo ha aperto i suoi!

– È la vita che va cosí, piccoli miei. Si nasce e poi, inevitabilmente, si muore...

– Lo sappiamo, – disse Camilla. – È il ciclo della vita. Papà ce lo ha spiegato.

Il viso di Lucia assunse un'aria contrariata. – Ah, – disse. Poi con nuovo slancio propose: – E se cucinassimo qualcosa insieme?

Freccia, la gattina di casa, saltò giú da un tavolino emettendo un miagolio di soddisfazione: anche lei aveva fame!

Osvaldo tornò che era pronto in tavola. Aveva trascorso la mattinata pensando al furto del magazzino, cercando di placare i timori di Babacar e tenendo a bada la direttrice, la quale era incredibilmente allergica allo sperpero. Figuriamoci ai furti!

– Risotto allo zafferano! – annunciò Lucia quando suo marito entrò in casa.

Questa volta fu Osvaldo a mostrarsi contrariato. – Ah, – disse.

– Che significa *ah*? – volle sapere sua moglie.

– Semplicemente *ah*.

– Il risotto non gli piace, – spiegò Camilla.

Osvaldo sbuffò e fece per sedersi a tavola.

– Fermo lí! – intimò Lucia. – Vai a lavarti le mani.

Osvaldo obbedí.

– E cambiati quella sudicia sahariana! – gli urlò dietro. – Non ti sognare di metterti a tavola con la stessa giacca che porti nel recinto delle scimmie o in quello degli orsi! Capito?

Per tutta risposta si udí la porta del bagno chiudersi con uno *sbam!* e la voce di Osvaldo borbottare qualcosa di irripetibile.

E Freccia, alla quale non piaceva il chiasso, soffiò.

CAPITOLO 7

Dopo pranzo, Camilla e Filippo condussero Lucia all'Isola degli ippopotami per mostrarle il cucciolo appena nato.

– Vedrai, ti piacerà! È bellissimo!

I bambini tenevano la mamma per mano, uno a destra e uno a sinistra.

– Succhia il latte restando sott'acqua! – spiegarono.

– E come fa a respirare?

– Non lo fa! Papà dice che può stare senza respirare per oltre due minuti!

– La pelle del piccolo ippopotamo è molto delicata, – disse Camilla, – e i raggi del sole potrebbero danneggiarla. Per questo motivo la mamma lo tiene il piú possibile in acqua.

– E quando Pippo vuole riposarsi, lei se lo fa salire sulla schiena! – aggiunse Filippo.

L'isoletta che ospitava gli ippopotami dello zoo era grande quanto un paio di campi da tennis e circondata da un laghetto di acqua fresca in cui crescevano bellissime alghe verdi.

Un gruppo di ippopotami che si bagnava poco distante li guardò sbadigliando.

– Eccolo lí! – esclamò Filippo, indicando un esserino scuro che nuotava intorno al gruppo. – È Pippo!

Tueret, la madre, non lo perdeva di vista un solo istante, correggendo i suoi spostamenti con piccoli colpi di muso.

– Che tenero, – fece Lucia commossa. Poi notò qualcosa sulla sponda e disse: – Non sapevo che gli ippopotami facessero lo shampoo!

– Ma mamma! – rise Camilla. – Non si fa lo shampoo agli ippopotami!

– E allora che ci fa lí quella saponetta?

Sulla sponda della pozza c'era effettivamente un sapone marca *Splendor* che pareva dimenticato. L'acqua che lambiva la spiaggetta era ricoperta di schiuma e di bolle, tale e quale a quella di una vasca da bagno!

– Qualcuno è venuto a lavarsi qui! – esclamò Filippo.

– Lavarsi nell'acqua dove sguazzano gli ippopotami? Che cosa orribile! – esclamò schifata Lucia.

– Sono sicura che c'entra col furto al magazzino, – disse Camilla.

– Furto?

– Papà non ti ha detto niente?

– No, – sibilò Lucia inarcando le sopracciglia e la bocca verso il basso. – Papà non mi ha detto proprio un bel niente!

CAPITOLO 8

– Ho da fare, – disse Osvaldo uscendo frettolosamente di casa.

Lucia, intenta a lavare i piatti, non gli rispose. Avevano discusso durante tutta la cena. Osvaldo riteneva che un piccolo furto non significasse necessariamente un pericolo per i gemelli. Lucia invece sosteneva che quello dove si intrufolavano impunemente dei ladri non fosse un posto sicuro.

Alla fine, per un motivo o per un altro, quando Lucia tornava a casa dai suoi viaggi Osvaldo perdeva la sua proverbiale calma e diventava nervoso. Non lo faceva apposta, però accadeva. Se poteva, sgattaiolava lontano da lei con la scusa del lavoro oppure si chiudeva in un silenzio immusonito, in attesa che il prossimo viaggio li dividesse per un'altra manciata di tempo. Gli dispiaceva per Camilla e Filippo, ma, si sa, spesso i problemi dei genitori finiscono per ricadere inevitabilmente sui figli.

Il silenzio e l'aria fresca della sera gli fecero sbollire il nervosismo all'istante. Gli animali con abitudini diurne si stavano coricando, mentre quelli notturni prendevano vita emettendo i loro tipici richiami.

Osvaldo respirò a fondo e partí per il consueto giro di sorveglianza.

In prossimità della Foresta delle scimmie si avvide che sulla riva del fossato era arenata una barchetta a remi che riluceva sotto i raggi della luna. Si trattava di una delle barche che Babacar e gli altri addetti allo zoo utilizzavano per pulire i corsi d'acqua. Che ci faceva abbandonata lí sulla riva?

Osvaldo cercò la torcia elettrica in una delle innumerevoli tasche della sua sahariana e scese a ispezionare l'imbarcazione. All'interno trovò una buccia di banana, dei noccioli di pesca e qualche lungo pelo biancastro. Afferrò il cellulare e compose il numero del dottor Luigino, il veterinario dello zoo.

– Sono io, – disse al telefono. – Puoi venire a vedere una cosa?

Cinque minuti dopo il dottor Luigino raggiunse Osvaldo alla Foresta delle scimmie.

– Qualcuno ha usato la barca, – disse il custode.

– Lo vedo.

– E ha mangiato banane e pesche.

– Ed è un reato?

– Mangiarle no. Rubarle sí! Scommetto che si tratta della frutta trafugata al magazzino!

Alle loro spalle ci fu un rumore, come di rami spezzati. Osvaldo puntò la torcia e due occhi giallastri lo fissarono abbagliati.

– Kidogo! – esclamò il dottor Luigino.

Kidogo era un bonobo, una piccola scimmia in via di estinzione molto simile all'uomo per via delle gambe lunghe, delle spalle strette e della fronte alta e spaziosa.

Kidogo aveva lavorato in un circo e poi era stato accolto da un vecchio mezzo matto in una grande casa insieme ad altri animali. Quando il vecchio si era ammalato, Kidogo era stato affidato allo zoo. Gli mancavano tre dita del piede destro e soffriva di cuore.

– Che ci fa fuori dalla Foresta? – chiese Osvaldo.

– Presto, aiutami a riprenderlo! – tagliò corto il dottor Luigino.

Bisognava stare molto attenti con Kidogo. In primo luogo perché era un soggetto particolarmente suscettibile e poi perché una grande agitazione, considerato lo stato del suo cuore, avrebbe potuto risultargli fatale.

Dopo aver riportato Kidogo nella Foresta delle scimmie, i due uomini fecero il punto della situazione.

– Cosí tu pensi che il ladro del magazzino sia la stessa persona che ha usato quella barca, – riassunse il dottor Luigino.

– Sí, lo penso. Ma può anche darsi che non si tratti di un uomo...

– Che intendi?

– Nessun uomo avrebbe potuto infilarsi in quella finestrella e poi arrampicarsi per uscirne, benché Babacar sostenga trattarsi di un pigmeo!

– Un pigmeo?

– Un pigmeo albino! Babacar dice che porta sfortuna e che gira armato di una cerbottana!

Il dottor Luigino sorrise. Non era abituato a farlo, per cui gli riuscí piuttosto male, ma le stramberie di Babacar a volte erano davvero irresistibili.

– Che tipo, quel Babacar...

– E se fosse stato Kidogo? – continuò Osvaldo. – In fondo stasera l'abbiamo trovato fuori dal recinto...

– Kidogo? Gli mancano tre dita e soffre di cuore...

– E allora? Potrebbe aver usato la barca per raggiungere la riva. Cosí come ha fatto stasera!

Luigino scosse il grosso testone barbuto. – Mi stai dicendo che una scimmia ha remato in una barca, ha rubato in un magazzino, si è lavata nel laghetto degli ippopotami con il sapone, e infine è andata a farsi uno spuntino di bambú dalle parti della Montagna degli orsi con ai piedi un paio di stivali numero quarantadue? Andiamo Osvaldo! Sii serio!

– Lo so che sembra assurdo, – ammise il custode. – Ma al momento non riesco a trovare altre spiegazioni...

CAPITOLO 9

– Camilla, *pssst*!
– Che vuoi?
– Ho preparato una lista.
– Quale lista?
– Di possibili sospetti. Guarda...

La lezione di geografia, quella mattina, era particolarmente noiosa. I prodotti agricoli del Friuli Venezia Giulia non rappresentavano un argomento di quelli mozzafiato. Cosí Filippo si era messo a scribacchiare la sua lista dei sospetti e l'aveva passata di soppiatto alla sorella. In cima c'era scritto:

Lista dei sospetti
Animali dello zoo a pelo chiaro:
gibbone cenerino (Alas)
lemure

koala
suricato
orso malese (cucciolo)
grifone del Bengala
asino selvatico africano
kiwi maculato
tapiro delle Ande
civetta delle nevi
riccio africano

– Quella lista è una pura scemenza, – disse Camilla quando, a ricreazione, poté parlare liberamente con suo fratello.

– Attenta a quello che dici. Hai di fronte Sherlock Holmes!

Camilla alzò gli occhi al cielo. – Allora dimmi, Sherlock Holmes: come fa un asino selvatico africano ad arrampicarsi in cima a una parete e passare da una finestrella larga quanto la tua testa?

Filippo rimase in silenzio. In effetti l'asino selvatico africano non aveva ragione di trovarsi nella lista.

– E il grifone del Bengala?

– Quello vola!

– Peccato che non abbia peli, ma piume, come la civetta delle nevi! Per non parlare del tapiro delle Ande...

– Perché, che ha il tapiro?

– A parte il fatto che non si arrampica? È marrone e ha le setole!

– Marrone chiaro, però...

– Lascia solo il gibbone, i lemuri, i suricati e il koala. Corrispondono anche nelle dimensioni alla figura che è fuggita dalla grotta.

Filippo annuí cancellando dalla lista tutti gli altri nomi.

– Ecco fatto!

Camilla proseguí nel suo ragionamento. – I lemuri e i suricati sono troppo piccoli per trasportare degli stivali da uomo, e il koala troppo lento e pigro per una tale fatica...

– Resta Alas!

Camilla annuí. – Ma perché avrebbe dovuto farlo?

– Ho una teoria.

– Sentiamo!

– Conosci il termine cleptomania? – Dal tono di Filippo si capiva che per lui quella era una parola nuova.

– Meglio di te, Holmes. Significa rubare senza rendersene conto!

– Appunto!

– E tu credi che Alas, una scimmia, sia cleptomane?

– Perché no?

Camilla stava per rispondere a suo fratello con una frase poco rispettosa che avrebbe probabilmente scatenato una zuffa, ma il suono della campanella salvò entrambi.

CAPITOLO 10

Lucia era sola in casa. Dalle finestre socchiuse entravano i suoni dello zoo, cosí diversi da quelli di una qualsiasi città. Le ci voleva sempre un po' di tempo per riabituarcisi. Non era comune udire il ruggito di un leone al posto della sirena della polizia, o il barrito di un elefante anziché il fischio del treno o il clacson di un taxi. E solitamente, non appena a quei richiami cominciava a farci il callo, era già ora di rifare la valigia.

Decise di preparare una torta. La crostata di crema con le fragole era uno dei dolci preferiti dai gemelli. Osvaldo invece adorava lo strudel, ma pazienza. E poi lo strudel era molto piú difficile da fare.

Mentre impastava le uova e la farina,

Freccia le gironzolava tra le gambe, come sempre avida di attenzioni e carezze. Quando la torta fu pronta, Lucia la mise in forno. Poi, nell'attesa che si cuocesse, sedette in poltrona a leggere un libro e Freccia ne approfittò per saltarle in grembo e mettersi a dormire.

Ad un un tratto e senza alcun preavviso, la gattina saltò in piedi e si bloccò, come una lepre abbagliata dai fari lungo una strada notturna.

– Che hai? – domandò Lucia.

Freccia balzò a terra e si avvicinò alla porta che si affacciava sul portico con passo guardingo.

– Che succede?

Giunta sulla soglia, rizzò il pelo e prese a soffiare.

Lucia la raggiunse.

– C'è qualcuno? – chiese. Ma non ci fu risposta. Le sembrò di scorgere una figura piccola e rapida muoversi sotto il portico.
– Chi c'è? – ripeté.

Il timer del forno trillò facendola trasalire: la torta era cotta.

Lucia rientrò in casa con una strana sensazione di disagio. Un disagio che si trasformò in sgomento non appena mise piede in cucina: lo sportello del forno era spalancato, e la crostata di crema e fragole sparita! Qualcuno l'aveva intenzionalmente rubata, trafugata, sgraffignata!

Lucia alzò gli occhi verso la finestra e rimase di sasso. Un essere peloso, grigiastro, con fiammeggianti occhi rossi la osservava attraverso i vetri. Indossava delle manopole da forno e servendosene reggeva la teglia con la torta fumante!

– AAAHHH! – gridò terrorizzata Lucia. E mentre urlava l'essere misterioso scomparve, inghiottito dagli alberi.

Babacar, che passava da quelle parti, udí le grida e accorse in aiuto.

– Che succede, signora? – chiese reggendola prima che svenisse.

– La torta... le manopole... il forno... è fuggito!

– Chi? Cosa?

– È... è entrato in casa e ha... ha rubato la mia torta!

– Chi? Chi? – chiedeva Babacar con gli occhi sbarrati dalla paura.

– Un mostro peloso dagli occhi rossi!

Babacar sentí le ossa farsi molli per la paura. Abbandonò Lucia al proprio destino, e fissando atterrito la boscaglia mormorò:
– La maledizione del pigmeo albino...

CAPITOLO 11

Il dottor Luigino non credeva alla fantastica storia del pigmeo albino di Babacar. Però non si sentiva neppure di affermare che si trattasse di una scimmia o di un altro animale dello zoo, come invece asseriva Osvaldo. Secondo la sua esperienza un animale non avrebbe mai fatto una cosa del genere di sua iniziativa, non ne avrebbe avuto motivo.

Quella stessa mattina, curiosando nei dintorni della Foresta delle scimmie, s'imbatté in un cancello con il lucchetto forzato.

Ladri di animali! Ecco la spiegazione a tutte quelle stranezze! Era molto piú semplice catturare un animale esotico in uno zoo piuttosto che in una foresta tropicale!

E in seguito, rivenderlo a un collezionista privato diventava un gioco da ragazzi. A volte, purtroppo, gli animali sottratti venivano uccisi da individui senza scrupoli intenzionati a commerciarne i pezzi di maggior valore, come la pelle, il mantello, i denti, le zampe. Di recente un pinguino era stato rubato in Inghilterra, sei scimmie in Francia e un alligatore in uno zoo della Polonia. Queste cose facevano tremendamente arrabbiare il dottor Luigino. Come si poteva essere cosí meschini, cosí avidi e senza cuore?

Strinse tra le dita il lucchetto rotto e lo gettò con violenza nel folto della vegetazione.

– Ahiiii!!! – si udí ululare.

Per un istante il veterinario pensò di aver centrato in pieno un innocuo turista.

– Chi c'è? – chiese pronto a scusarsi. – Si è fatto male?

Si udí soltanto il fruscio del fogliame e lo schiocco secco di rami che venivano spezzati. Chiunque fosse, pensò il dottor Luigino, non aveva alcuna intenzione di essere trovato.

La mente del dottor Luigino s'illuminò. Quello era il ladro e lui l'aveva colto in flagrante!

– Fermo! – gridò. Subito il crepitio dei rami e delle foglie davanti a lui si fece piú rapido. E Luigino si gettò all'inseguimento.

– Fermati! – gridava, correndo ed evitando i rami come un rugbista che evita gli avversari (cosa che, considerato il suo passato di giocatore di rugby, gli riusciva assai bene). – Fermati!

Per poco non mise il piede sopra un pezzo di torta che giaceva a terra, ma non perse tempo a domandarsi che ci facesse lí. Seguitò a correre, intimando al fuggitivo di fermarsi, ma senza alcun risultato.

Poi, all'improvviso, gli si parò davanti Kidogo, la scimmia, che si mise a fare strani gesti e a urlare come se volesse attirare la sua attenzione.

– Tu? – disse Luigino arrestandosi per non travolgerla.

La scimmia lo guardò, quindi mostrò i denti in un atteggiamento per lei del tutto

insolito e sparí tra gli alberi, con quella sua andatura zoppicante causata dalla mancanza delle tre dita del piede destro.

Che ci faceva Kidogo, si chiese il dottor Luigino, ancora una volta fuori dal recinto? Perché era cosí agitato? Era lui ad essere stato colpito dal lucchetto? O c'entrava con il ladro di animali? Perché un ladro di animali esotici si sarebbe interessato a una vecchia scimmia malata di cuore e zoppa? Quante domande. E nessuna risposta.

Decise di lasciar perdere il ladro, chiunque fosse, e di rincorrere Kidogo per assicurarsi che rientrasse nella Foresta delle scimmie e soprattutto che stesse bene. Prima però chiamò al cellulare Osvaldo.

– Sospetto che il ladro sia all'interno dello zoo e che abbia tentato di rapire qualche animale, – lo avvertí. – Aumentiamo la sorveglianza ai cancelli...

– Come faremo a distinguerlo da un normale visitatore?

– Potrebbe avere un... – A Luigino scappò da ridere. – Poi ti spiego... un bernoccolo sulla testa!

CAPITOLO 12

Osvaldo non fece in tempo a chiudere la conversazione con il veterinario, che già la suoneria del suo telefono trillava nuovamente. Anzi, in realtà ruggiva, poiché al posto di una melodia tradizionale vi era stato registrato un autentico ruggito.

– Che c'è ancora? – chiese sbuffando.

– Sono la direttrice! – tuonò la voce squillante della signorina Adelina.

– Ah, signorina! Mi dica...

– C'è sua moglie qua, nel mio ufficio...

– Mia moglie?

– Dice di aver visto una specie di yeti!

– Dica a mia moglie che gli yeti stanno sull'Himalaya!

Lucia prese il telefono dalle mani della direttrice. – Non fare lo spiritoso, Osvaldo!

Se non è uno yeti, è qualcosa che ci assomiglia da vicino! Devi trovarlo!

Quando Camilla e Filippo tornarono da scuola, Lucia li ammoní immediatamente.

– Oggi starete in casa!

– Perché?

– C'è un mostro peloso là fuori! – disse indicando la porta. – E non voglio che ve lo troviate di fronte. Io l'ho visto e so che essere terribile è!

A Camilla e Filippo scappò un sorriso.

– Mamma, questo è uno zoo!

– Lo so benissimo che cos'è!

– È pieno di esseri pelosi.

– So anche questo! Ma io ho visto un mostro! Un mostro con gli occhi rosso fuoco!

– Ma mamma...

– Non voglio discutere! Andate a lavarvi le mani, che si mangia!

I gemelli filarono in bagno senza aggiungere altro. Quando il tono della voce di mamma si faceva cosí acuto era molto meglio non insistere.

– Mamma, ti sei fatta male? – le domandò Camilla rientrando in cucina.

– Male? Che vuoi dire?

– In bagno ci sono delle gocce di sangue e la scatola dei cerotti è aperta...

Lucia impallidí. Corse in bagno e da lí i gemelli la sentirono urlare, acuta come la sirena di un'ambulanza: – Osvaldooo!

CAPITOLO 13

Attorno al tavolo della cucina c'erano Osvaldo, Lucia, il dottor Luigino e la direttrice. Ma non si trattava di un invito a pranzo, bensí di una riunione strategica. Camilla e Filippo origliavano dal salotto.

Osvaldo, in qualità di custode, prese la parola. – Vediamo di mettere un po' d'ordine in tutta questa faccenda. Qualcuno...

– Un mostro, – lo interruppe Lucia.

«Un animale» pensò Filippo.

Un pigmeo albino porta sfortuna, avrebbe detto Babacar se fosse stato presente (ma ormai si era chiuso nel suo alloggio e aveva giurato di non uscirne fino a che il pigmeo non fosse stato catturato).

– Un ladro di animali esotici! – disse il dottor Luigino.

– Qualcuno, – ribadí Osvaldo, – si aggira indisturbato per il nostro zoo dopo aver rubato del cibo, degli stivali numero quarantadue e delle saponette marca *Splendor*.

– Non dimentichiamo che si è fatto il bagno nel laghetto degli ippopotami!

– E che si è servito, Dio solo sa a quale scopo, della barchetta!

– E che ha tagliuzzato il bambú!

– Senza contare il fatto che ha scassinato un lucchetto...

– E utilizzato il nostro bagno, i nostri cerotti e... la nostra torta! – disse Lucia.

– E che è entrato nella nostra grotta, – sussurrò Filippo a Camilla.

– Dai cancelli non è passato nessuno con bitorzoli sulla testa o vistosi cerotti, – informò il dottor Luigino.

– Quindi, chiunque sia, dobbiamo dedurne che si trovi ancora all'interno dello zoo, – concluse Osvaldo.

Lucia rabbrividí. – Non oso pensare a quell'essere abominevole che ci spia dalle finestre. Magari proprio in questo momento!

COFFEE

Tutti, istintivamente, si girarono a guardare fuori.

Osvaldo proseguí nella sua analisi.

– Dunque, che cosa sappiamo di lui?

– Che ha i capelli o la barba bianchi, – rispose Luigino.

– Pelo. Vi dico che è pelo, – intervenne Lucia.

– E poi?

– Che ha tentato di rapire Kidogo.

– Questo non possiamo dirlo con certezza. Sappiamo solo che ha forzato un lucchetto...

– Magari voleva liberare quella scimmia! – suggerí la direttrice.

– In ogni caso è un agire criminoso!

– D'accordo, ma come ha fatto a entrare nel magazzino? Come ha fatto a infilarsi lassú?

– Per me si tratta di un vandalo, – disse la signorina Adelina. – Un teppistello come ce ne sono tanti!

– Un teppistello non si farebbe il bagno!

– Forse è un teppista che si è sporcato...

– Se voi aveste visto quello che ho visto

io, ora non stareste qui con le mani in mano ma gli dareste la caccia! – puntualizzò Lucia.

– Tutti gli uomini, tranne Babacar, stanno perlustrando lo zoo, – spiegò Osvaldo.

– Perché non chiamiamo la polizia?

– E fare cattiva pubblicità allo zoo? – intervenne la direttrice. – No, grazie! Ce la caveremo da soli!

– Per me è un ladro di animali, – ribadí Luigino.

– E per me un mostro! – replicò Lucia.

– Io sono convinta che si tratti di un giovinastro che vuole farsi notare, – disse la direttrice.

– E per me è un animale che cerca rifugio, – concluse Osvaldo.

Insomma ognuno diceva la sua, ma alla fine, dopo tante parole, ancora non si veniva a capo di nulla.

CAPITOLO 14

Camilla e Filippo erano addossati contro la parete del salotto, uno vicino all'altra, le orecchie tese ad ascoltare i discorsi dei grandi. Ma i grandi non riuscivano a mettersi d'accordo e il mistero del ladro dello zoo restava tale.

All'improvviso qualcosa nella tasca dei jeans di Filippo si mise a frusciare.

– Che cos'è? – chiese Camilla sottovoce.

Gli occhi del fratello si colmarono di eccitazione.

– Seguimi! – le disse andando verso la porta di casa.

– Non avrai mica un serpente o roba del genere? – lo affrontò Camilla una volta usciti. – Ti avviso, non farmi scherzi strani o io ti...

– Vuoi stare zitta? – Filippo tirò fuori

dalla tasca un walkie-talkie. Dal microfono giungevano rumori strani, come grugniti e respiri affannosi.

Camilla lo guardò con tanto d'occhi.

– Eccolo qui! – esclamò Filippo trionfante. – Non ci resta che andare a prenderlo!

– Di cosa stai parlando, si può sapere?

– Dell'intruso! Tornato da scuola, sono andato alla grotta a mettere uno di questi walkie-talkie. Poi ho lasciato acceso l'altro nella mia tasca!

Camilla rimase a bocca spalancata per la sorpresa.

– Chi è lo stalliere di Sherlock Holmes, ora? – la scherní Filippo.

– Devo ammettere che hai avuto una trovata brillante.

– Ammettilo pure!

– Non montarti la testa però...

– Andiamo a vedere! – disse Filippo tuffandosi nell'intrico di sentieri.

– Scommetto la paghetta di un mese che si tratta di Alas!

– Io non scommetto, – rispose Camilla ansimando per stargli dietro. – Per principio.

– Prima però facciamo una sosta al magazzino. Devo prendere una cosa!

Dal magazzino Filippo recuperò una vecchia rete da pallavolo.

– Che ci vuoi fare? Una partita?

– Sí, una partita di caccia! Caccia alla scimmia!

Quando giunsero alla grotta, l'odore di carne arrostita era fortissimo. Ma stavolta non sembrava affatto carne arrostita, bensí tabacco da pipa.

I due bambini portavano delle torce elettriche e, prima di entrare nella caverna, le accesero puntandole verso il fondo. Poi tesero la rete e, determinati come mai, dissero: – Andiamo!

CAPITOLO 15

Lucia non trovava piú i gemelli.

– Saranno in giro, come al solito, – la rassicurò Osvaldo.

– Avevo detto loro di non muoversi di casa!

A Osvaldo scappò un sorriso. – A causa del mostro?

– A causa del mostro, certo! Che altro?

– Se conosco appena appena i miei figli, non ti hanno creduta per nulla!

– Sono i *nostri* figli, se non ti dispiace!

– Comunque non corrono alcun rischio, te lo garantisco io.

– Non mi interessa quello che tu mi garantisci! Voglio sapere dove sono i miei bambini! Chiaro?

Osvaldo sbuffò e uscí a cercarli, piú per non stare a sentire le lamentele di sua moglie che perché temesse realmente per la loro incolumità.

La riunione strategica, o per meglio dire la discussione inconcludente, era terminata da oltre un'ora, ma di Camilla e Filippo non si avevano notizie. Stufa di attendere e in preda a un'angoscia incontrollabile, Lucia prese il telefono e compose il 113.

– Devo denunciare una scomparsa, – dichiarò all'agente che le rispose.

– Chi è scomparso?

– I miei due figli, Camilla e Filippo.

– Perbacco! Da dove chiama?

– Dallo zoo cittadino.

L'agente pensò subito che qualche animale feroce avesse potuto divorarli e per poco non cadde dallo sgabello sul quale sedeva.

– Mando subito una pattuglia! – disse.

E dopo appena dieci minuti una sirena della polizia risuonò lungo il viale d'accesso dello zoo, tra la curiosità dei presenti.

CAPITOLO 16

I fasci di luce delle torce scivolavano sulla nuda parete di roccia e sul terreno, mostrando bucce di kiwi, noccioli di pesca e ciuffi di lunghi peli bianchi.

«Perché Alas dovrebbe prendersi la briga di sbucciare un kiwi?» si stava domandando Camilla. Ma quelle, in un frangente del genere, erano domande pericolose, alle quali il buon senso suggeriva di non dare risposta.

Filippo invece stava pensando che il suo geniale piano stava per riuscire alla perfezione, meglio di una ciambella col buco! E una volta catturato Alas, cioè il responsabile del subbuglio allo zoo, lui avrebbe ricevuto onori e gloria, proprio come l'autentico Sherlock Holmes.

I due bambini avanzarono cautamente, passo dopo passo, reggendo la rete da pallavolo da un lato all'altro della stretta grotta, fino a che le torce non illuminarono una coperta e, dentro la coperta, un grumo. Il grumo si muoveva e di tanto in tanto emetteva un rantolo o un sospiro. La cosa che però piú di tutte lasciò sconcertati i gemelli fu che il grumo era grande, molto grande. «Piú grande di un gibbone e piú di un koala» pensò Filippo. «Piú grande di un suricato, di un lemure e di un tapiro delle Ande messi insieme» pensò Camilla.

Dalla fine del grumo spuntava una massa disordinata di peli bianco-grigi.

Per un istante i bambini ebbero il tremendo sospetto che la loro mamma avesse visto giusto fin dall'inizio, che quella distesa ai loro piedi fosse davvero una mostruosità pelosa con occhi fiammeggianti pronta a ghermirli o a divorarli, come probabilmente aveva fatto con la torta di crema e fragole.

Filippo ebbe un istante di esitazione. Pensò che quella ridicola rete da pallavolo non sarebbe bastata e si guardò intorno, alla ricerca di un oggetto qualsiasi con cui difendere se stesso e Camilla nel caso quella... quella *cosa* a terra avesse deciso di attaccarli.

Fu proprio in quel momento che il mostro peloso si sollevò dal suo giaciglio e, scostata la coperta, si mostrò in tutta la sua orrenda imponenza.

Le torce dei gemelli finirono a terra e la rete si accoccolò come un gatto assonnato sopra quelle torce ormai inutili.

– Fermo! – gridò Filippo, con la voce che gli andava su e giú come un vagoncino delle montagne russe.

Il mostro tossí. Camilla notò che aveva una brutta tosse (anche i mostri si ammalano, di tanto in tanto). Poi il mostro si chinò e raccolse una delle torce, e dopo averla accesa la puntò verso i bambini.

– Non fare un passo! – ribadí Filippo. – Ho un bastone... proprio qui, dietro la schiena... – mentí nascondendo il braccio destro dietro il corpo.

Il mostro non sembrò particolarmente impressionato. Tossí nuovamente e quindi, fatto strabiliante, parlò!

– Non dovete avere paura di me, – disse.

«Però, – pensarono Camilla e Filippo, – per essere un mostro peloso parla piuttosto bene!»

CAPITOLO 17

I visitatori dello zoo videro giungere l'auto della polizia a sirene spiegate e subito si raggrupparono chiedendosi che mai potesse essere accaduto.

La signorina Adelina corse fuori dal suo ufficio con i capelli piú svolazzanti del solito.
– Che succede? Che succede? – gridava.

– Succede che i miei ragazzi sono spariti! – le disse Lucia, che nel frattempo aveva raggiunto l'entrata per parlare con i poliziotti. – E tutto perché voi non siete stati capaci di catturare quell'abominevole mostro peloso!

– Allora, chi ci ha chiamati? – volle sapere un agente, che dai modi doveva essere il capo.

– Io! – rispose Lucia. – Sono stata io!

– Oddio! – esclamò la signorina Adelina, immaginando catastrofi economiche per lo zoo.

Dopo che Lucia ebbe spiegato la situazione agli agenti, questi di dispersero per il parco alla ricerca dei gemelli.

Quando Babacar, affacciandosi dalla sua stanza e vedendo passare i poliziotti, chiese: – Perché siete qui? – e loro risposero: – Sembra che siano spariti i figli del custode, – per poco non svenne. Le sue mani presero a tremare e le sue labbra, altrettanto tremoline, formularono una sola terribile frase: – La maledizione del pigmeo albino...

Nel frattempo Osvaldo, girovagando per lo zoo alla ricerca dei bambini, si era fatto un'idea precisa. Solo, immerso nella vegetazione e nei suoni cosí familiari del parco, gli sembrava di ragionare meglio. Secondo lui la chiave di tutto poteva essere Kidogo, la scimmia che per ben due volte era inspiegabilmente uscita dai recinti e che in altrettante occasioni aveva mostrato

comportamenti diversi dal solito. Qualcosa legava il bonobo ai recenti e misteriosi avvenimenti dello zoo. Kidogo aveva vissuto a lungo con gli umani, in un circo prima e con Rico poi. Osvaldo ricordava bene Rico delle scimmie (cosí lo chiamavano tutti perché lui, come Tarzan, era un po' il re delle scimmie): un signore anziano, col codino e la barba bianca e dal passato misterioso, che anni addietro aveva raccolto in un casolare di campagna animali vecchi o malandati, abbandonati dai circhi, soprattutto scimmie. Rico ne aveva avuto cura con amore e passione fino al giorno in cui, ammalato, era stato costretto a ricoverarsi in ospedale.
Il Comune aveva venduto la casa al miglior offerente e gli animali erano stati affidati a strutture come lo zoo di Osvaldo. Da allora del vecchio Rico non si avevano avute piú notizie.

Osvaldo raggiunse la Foresta delle scimmie e vi entrò dall'accesso di servizio. Prese Kidogo per mano e sussurrandogli parole dolci lo condusse all'esterno. Notò che sulla schiena, attaccati al pelo, aveva dei lunghi capelli bianchi, che confermarono quanto andava pensando.

– Vai! – gli disse quando furono fuori. – Portami da lui!

CAPITOLO 18

– Non dovete avere paura di me, – disse il mostro.

– Noi non abbiamo paura, – rispose Filippo. – Ma tu... tu non fare un solo passo, altrimenti io...

– Chi sei? – chiese Camilla sbucando da dietro le spalle del fratello.

Il mostro, a dispetto delle minacce di Filippo, avanzò portandosi nel cono di luce che proveniva dall'entrata della grotta.

Non era affatto un mostro, ma solo un vecchio un tantino trasandato. Portava la barba lunga e disordinata e i capelli grigi raccolti in un codino. Il volto era pallido e sofferente e gli abiti, o quel che ne rimaneva, vecchi e fuori moda.

– Mi chiamo Enrico, – disse l'uomo.

– Sei tu che hai rubato quelle cose?

L'uomo si sistemò la coperta sulle spalle, mostrando solide braccia tatuate, e tossí ancora una volta.

– Tecnicamente no, – rispose.

– Cosa vuol dire tecnicamente no? – sbottò Filippo, che teneva ancora una mano dietro la schiena per far credere di impugnare un bastone.

– Che tecnicamente non sono stato io. Però ammetto che l'idea, quella sí, è mia... Se posso darti un consiglio, ragazzo, fai riposare quel braccio. È chiaro come il sole che non nascondi nulla lí dietro.

Filippo obbedí riluttante.

– Perché hai fatto il bagno nel laghetto degli ippopotami? – volle sapere Camilla.

Il vecchio sorrise mostrando pochi denti scuriti dal fumo. – Semplice. Ero sporco!

– Ma perché proprio nel laghetto?

– Non ho un posto dove andare, – rispose Enrico. – Non ho una casa.

– Sei un barbone? – domandò Camilla.

Il suo tono era dolce, non aveva intenzione di offenderlo. – Un senzatetto?

– Un tempo l'avevo una casa. Grande, piena di cose, in un posto bellissimo...

– E il sangue nel nostro bagno? – lo interruppe Filippo. – È roba tua?

Enrico annuí. – Qualcuno questa mattina ha avuto la brillante idea di gettare un pezzo di ferro nella boscaglia, centrando in pieno il mio cocuzzolo!

– Hai spaventato a morte la nostra mamma!

– Mi dispiace, non volevo. Però, quando ho visto la torta... non ho saputo davvero resistere!

– Ora basta! – esclamò Filippo. – Vado a chiamare papà!

– Non serve, – disse una voce alle loro spalle. – Sono qui.

Era Osvaldo. E con lui c'era Kidogo, la vecchia scimmia.

CAPITOLO 19

Non appena vide il vecchio nella grotta, Kidogo gridò e si mise a correre verso di lui. Gli saltò al collo e lo abbracciò, come un bambino che ritrova il suo papà. E poi prese ad accarezzargli la lunga barba, arricciando le labbra rosa in segno di felicità.

Dal canto suo, l'uomo che si chiamava Enrico lo tenne stretto a sé, accarezzandogli la testa piccola e le piccole orecchie.

– Papà! – disse Filippo. – Quest'uomo è il ladro che stai cercando!

Sollevati dall'arrivo del papà, Camilla e Filippo non considerarono che cosí il loro nascondiglio era stato svelato.

Osvaldo entrò nella grotta e si mise alle spalle dei suoi figli.

– Ciao Rico, – disse con voce calma.

– Credo che tu ci debba un po' di spiegazioni.

– Conosci quest'uomo? – esclamarono sbigottiti i gemelli.

Osvaldo annuí e poi fece segno ai due bambini di tacere.

Cosí il vecchio Rico scovò nel giaciglio sul quale dormiva una pipa fatta di canna di bambú e, dopo averla accesa con i fiammiferi che erano scomparsi dalla fenditura nella roccia, raccontò la sua incredibile storia.

– Vivevo in una grande casa di campagna con tanti animali. Soprattutto scimmie. Avevo oranghi, macachi, babbuini, scimpanzé. Una volta ho tenuto anche un gorilla, Gino si chiamava, ma poi è morto... Quando mi sono ammalato e sono finito in ospedale, il Comune ha venduto la casa e disperso i miei amici animali ai quattro venti. Voi non potrete mai immaginare quanto ho sofferto. Come un padre a cui vengano sottratti i figli...

Mentre Rico parlava, Kidogo si era

addormentato. L'uomo lo stringeva a sé con una tenerezza e un amore che si sarebbero detti insospettabili in un tipo dall'aria dura e vissuta come lui.

– Non so per quanto tempo rimasi in ospedale. In realtà i medici dissero che non ero a posto con la testa, come se vivere soli e offrire ricovero a qualche animale sfortunato possa essere considerata una follia. Ma questo, in fondo, è un destino comune a molti... Dunque fui rinchiuso in una specie di manicomio, dal quale sono uscito solo la settimana scorsa.

– Non immaginavo... – mormorò Osvaldo.

– Infatti, non potevi. Comunque non avevo piú una casa, non avevo denaro e non avevo neppure le mie amate scimmie. Erano state assegnate ciascuna a uno zoo o a un parco o giú di lí...

– Cosí hai pensato di venirle a trovare! – intervenne Camilla.

– Esattamente, e visto che c'ero e non avevo altri posti dove andare, ho deciso di fermarmi per un po'!

– Ti sei appropriato di oggetti che appartengono allo zoo... – obiettò Osvaldo, che era pur sempre il responsabile del parco.

– Consideralo un prestito!

– Hai messo a repentaglio la sicurezza di questo posto...

– Perché ho fatto il bagno nel lago? O perché sono andato nel canneto con gli stivali ai piedi per tagliarmi il bambú e fabbricare la mia pipa? O magari perché ho rubato la tua torta preferita?

– Non era la mia torta preferita! – sbuffò Osvaldo.

– E allora non capisci un'acca di cucina, perché era buonissima! Tua moglie è un'ottima cuoca!

I bambini risero.

– Come hai fatto a intrufolarti nel magazzino? – volle sapere Osvaldo. Quello restava ancora un vero mistero.

Rico guardò Kidogo con aria di complicità.

– È stato lui, vero? – disse Osvaldo.

– La prima sera l'ho portato con la barchetta attraverso il canale. Arrivati al magazzino, lui è salito fino alla finestrella e ha preso quelle cose per me. È stato faticoso per le condizioni di salute nelle quali si trova... – Rico accarezzò la testolina addormentata di Kidogo e gli schioccò un bacio sulla fronte. – Poi, però, mi avete tolto le barche e cosí sono stato costretto a forzare il lucchetto per poter stare con lui. Mangiamo insieme, dormiamo insieme, come due elementi della stessa famiglia, e in fondo, se ci pensiamo bene, che altro siamo? Lo sapevate che il Dna del bonobo è quasi uguale a quello dell'uomo?...

CAPITOLO 20

Il gruppetto si spostò all'esterno, alla luce del sole.

Nel resto dello zoo si svolgeva la caccia ai gemelli e al mostro che, secondo Lucia, li aveva rapiti, ma lí, in quell'angolo nascosto del parco sconosciuto a tutti o quasi, l'atmosfera era tranquilla. Rico raccontava la sua storia come un nonno che intrattiene i propri nipoti e anche Osvaldo, ora, aveva smesso parzialmente la divisa da custode ufficiale e ascoltava rapito.

– Le scimmie, – stava dicendo Rico, – sono la famiglia che non ho mai avuto. I fratelli, le sorelle e i cugini. Forse anche i genitori. Mi hanno dato tanto, piú di quello che io ho dato loro... Kidogo, in particolare. Siamo sempre stati molto legati, noi due, come padre e figlio direi. Credo che pensasse ch'ero morto, ma da quando mi ha rivisto, e io ho rivisto lui... be', è impensabile che restiamo separati.

– Ma non puoi vivere allo zoo! – disse Filippo.

– Perché no?

– Non lo so... ma non si può.

– Filippo ha ragione, – intervenne Osvaldo. – Capisco le tue ragioni e il legame che c'è tra te e Kidogo e le altre scimmie, ma non puoi vivere qui, non in questo modo...

– Ma io non ho altri posti dove andare.

– Che ne direbbe della galera?

La voce stridente della signorina Adelina li sorprese, facendoli sobbalzare tutti.

– Direttrice! – esclamò Osvaldo.

La signorina Adelina lo guardò di sottecchi. – Mi fa piacere che si ricordi ancora chi è che comanda qui, Osvaldo. Perché non mi ha avvisata che aveva scoperto il ladro? L'intruso, il clandestino, il vandalo che...

– Calma con le offese! – proruppe Camilla.

– Il signor Enrico non è affatto tutte queste cose che dice lei!

– E tu cosa ne sai, signorinella? Dovresti avere maggior rispetto per le persone piú grandi di te!

– Ne ho, signorina. È lei che non le rispetta!

Osvaldo ridacchiò sotto i baffi.

In quel mentre giunsero anche Lucia, il dottor Luigino e un paio di poliziotti.

– Oh, bambini! – gridò Lucia abbracciandoli. – Piccoli miei! Che avventura! State bene? Questo bruto vi ha fatto del male?...

– Mamma, – spiegò Filippo. – Questo è il signor Enrico. Rico per gli amici. È una persona per bene, non un bruto.

– Ma vi voleva rapire! E... e ha rubato la mia torta!

– Lo arrestiamo? – chiese l'agente piú giovane a quello piú anziano.

– Adesso basta! – Osvaldo ne aveva a sufficienza di tutte quelle chiacchiere. E cosí ripeté per filo e per segno la storia di Rico, aggiungendoci alcuni particolari toccanti, giusto per rendere la storia piú emozionante.

Alla fine tutti guardavano il vecchio con la scimmia in braccio con occhi diversi, e la signorina Adelina fu vista persino asciugarsi furtivamente una lacrima.

– Allora, non lo arrestiamo piú? – chiese l'agente piú giovane.

L'altro poliziotto rivolse uno sguardo interrogativo alla direttrice, la quale fece lo stesso con la madre dei gemelli, la quale fece altrettanto con i bambini, i quali si girarono con aria supplichevole verso Osvaldo. E Osvaldo, sorridendo, mise un braccio intorno alle spalle robuste del vecchio Rico. Cosí Camilla e Filippo

si voltarono sorridenti verso la madre, la quale diede un cenno di assenso alla direttrice, la quale disse ai poliziotti:

– C'è stato un equivoco. Vi chiedo scusa per il disturbo. Ora è tutto a posto.

– Non ancora, – intervenne Osvaldo.

– Che intende?

– Il lavoro qui allo zoo è tanto, i visitatori aumentano ogni mese, cosí come gli animali. Avrei proprio bisogno di un nuovo aiutante... uno che ci sappia fare con gli animali, che abbia grande esperienza e che magari sia un esperto di scimmie...

– Tipo Rico! – esclamarono i gemelli.

– Rico? – Osvaldo finse di pensarci. – Be', perché no? Se a Rico interessa la cosa, naturalmente!

Rico non ebbe bisogno di rispondere. I suoi occhi lucidi di emozione e di gratitudine lo fecero per lui.

– E va bene, – concesse la direttrice.

– Evviva! – gridarono Camilla e Filippo.

Kidogo si svegliò di botto. Si guardò intorno e con aria annoiata sbadigliò.

– A proposito di assistenti! – ricordò Osvaldo. – Qualcuno corra a dire a Babacar che può uscire dalla sua stanza! Il mistero del pigmeo albino è stato finalmente svelato!

INDICE

1. UN RINOCERONTE DA SALVARE

Natuna, un raro esemplare di rinoceronte di Sumatra, è sfuggita ai bracconieri e ha attraversato mezzo mondo per arrivare allo zoo. Ma la sua vita è ancora in pericolo: non mangia, non beve, non riesce ad ambientarsi. Mentre un gruppo di scimmie in fuga semina il caos, Camilla e Filippo escogitano un ingegnoso piano per salvarla...

2. UN PANDA PER AMICO

Il raffreddore non è uno scherzo quando contagia gli animali dello zoo! Per proboscidi tappate e ruggiti rauchi basta un aerosol, ma evitare che un cucciolo d'ippopotamo si ammali o curare Gu-Li, il vecchio panda, è un bel problema. Anche Filippo è a letto con la febbre, ma quando Gu-Li ha bisogno di lui accorre al suo fianco...

3. MISTERO ALLO ZOO

Una misteriosa serie di furti turba la pace dello zoo. Una creatura agilissima sta facendo sparire gli oggetti piú strani: una saponetta, degli stivali, una torta di fragole, un cerotto. Chi sarà il ladro? Un pigmeo? Uno yeti? Un teppista a corto di shampoo? Gli adulti brancolano nel buio, ma Camilla e Filippo hanno un fiuto da segugi...

4. S.O.S. GIRAFFA IN PERICOLO

Allo zoo le novità non si fanno attendere: l'ultima viene dalla Spagna, si chiama Blanca ed è una giraffa molto speciale... forse troppo. O almeno cosí la pensa la capobranco, che l'accoglie a testate. Isolata, Blanca si ammala di solitudine. Ad aiutarla sarà una nuova compagna di Filippo e Camilla, anche lei davvero speciale...

Finito di stampare nel mese di aprile 2009
per conto delle Edizioni EL
presso Grafica Veneta S.p.A., Trebaseleghe (Pd)

3. MISTERO ALLO ZOO

Una misteriosa serie di furti turba la pace dello zoo. Una creatura agilissima sta facendo sparire gli oggetti piú strani: una saponetta, degli stivali, una torta di fragole, un cerotto. Chi sarà il ladro? Un pigmeo? Uno yeti? Un teppista a corto di shampoo? Gli adulti brancolano nel buio, ma Camilla e Filippo hanno un fiuto da segugi...

4. S.O.S. GIRAFFA IN PERICOLO

Allo zoo le novità non si fanno attendere: l'ultima viene dalla Spagna, si chiama Blanca ed è una giraffa molto speciale... forse troppo. O almeno cosí la pensa la capobranco, che l'accoglie a testate. Isolata, Blanca si ammala di solitudine. Ad aiutarla sarà una nuova compagna di Filippo e Camilla, anche lei davvero speciale...

Finito di stampare nel mese di aprile 2009
per conto delle Edizioni EL
presso Grafica Veneta S.p.A., Trebaseleghe (Pd)